Kinder der Welt

Wir leben in Indonesien

Alexandre Messager

Illustrationen von
Sophie Duffet

Aus dem Französischen von
Regina Enderle

KNESEBECK

THAILAND
Medan
SUMATRA
Jambi
Padang
Palembang
Pontianak
BORNEO
(KALIMANTAN)
SULAWESI
Manado
Kendari
Makassar
JAVA
Jakarta
Bandung
Semarang
Yogyakarta
Surabaya
BALI
Denpasar
Jayapura
WEST-PAPUA
AUSTRALIEN

Indonesien stellt sich vor

Indonesien besteht aus ungefähr 17 000 Inseln und ist damit der größte Inselstaat der Welt. Die Inselgruppe liegt zwischen dem Indischen und dem Pazifischen Ozean. Sie erstreckt sich von West nach Ost über eine Fläche von 5000 Kilometern und von Nord nach Süd über 2000 Kilometer. Die fünf Hauptinseln, auf denen 91 Prozent der Bevölkerung leben, sind Java, Sumatra, Sulawesi (Celebes), Kalimantan (der indonesische Teil von Borneo) und West-Papua (der indonesische Teil Neuguineas). Mehr als 6000 Inseln dieser Gruppe tragen keinen Namen und sind unbewohnt.

Fläche: Indonesien ist mit 1 919 440 km^2 Fläche über 5-mal so groß wie Deutschland. Die Gesamtlänge der Küsten beträgt 81 350 Kilometer.

Bevölkerung: Im Jahr 2005 wurde die Gesamtbevölkerung auf 242 Millionen Einwohner geschätzt, das sind 3-mal so viele Menschen wie in Deutschland. 50 Prozent der Indonesier sind unter 20 Jahre alt. Die Bevölkerung setzt sich aus mehreren Volksgruppen zusammen. Zu den wichtigsten gehören die Javaner (45 Prozent der Gesamtbevölkerung), die Sundanesen (14 Prozent), die Maduresen (7,5 Prozent) und die Malaien (7,5 Prozent). Es gibt auch eine sehr einflussreiche chinesische Minderheit.

Sprache: Amtssprache ist *Bahasa Indonesia*, das vom Malaiischen abstammt. Die Sprache vereint die unterschiedlichsten Volksgruppen und wird im gesamten Staatsgebiet verwendet. Es gibt jedoch Hunderte von Dialekten. Der am häufigsten gesprochene Dialekt ist Javanisch.

Religion: Indonesien ist mit über 210 Millionen Gläubigen – das sind 88 Prozent der gesamten Bevölkerung – das größte muslimische Land der Welt. 5 Prozent der Bevölkerung sind Protestanten, 3 Prozent sind Katholiken, 2 Prozent sind Hindus, und 1 Prozent sind Buddhisten.

Städte: Mit über 14 Millionen Einwohnern ist Jakarta auf der Insel Java die größte Stadt und zugleich Hauptstadt Indonesiens. Weitere bedeutende Städte liegen auf den anderen Hauptinseln der Inselgruppe.

Klima: In Indonesien herrscht überwiegend tropisches Klima. Es ist das ganze Jahr über sehr heiß.

Indonesien ist eine Republik, die von 1945, dem Zeitpunkt ihrer Unabhängigkeit, bis 1998 totalitär, nach dem Willen eines einzigen politischen Führers, regiert wurde. Seit 1998 herrscht im Land eine echte Demokratie mit einem Präsidenten, der seine Macht nur eingeschränkt ausüben kann.

Die Geschichte

Die Indonesier nennen ihr Land *Tanah Air Kita*, das bedeutet übersetzt »unser Land und Wasser«.

Indonesien ist die vulkanreichste Region der Erde: Über die verschiedenen Inseln sind 500 Vulkane verteilt, mehr als hundert von ihnen sind noch immer aktiv.

Die Reichtümer der Natur machen das Land trotz der Schäden, die der Mensch anrichtete, zu einem Paradies auf Erden. Es gibt eine große Vielfalt von Blumen, Bäumen und Tieren. Vor allem die Vorkommen von Gewürzpflanzen sind der Grund, weshalb viele fremde Völker wie Inder, Araber, Chinesen oder Europäer Indonesien im Lauf seiner Geschichte zu beherrschen versuchten.

Die indischen Kaufleute waren die Ersten, die in vorgeschichtlicher Zeit den Kontakt zu den Einwohnern Javas aufnahmen und von ihnen Gewürze im Tausch gegen Steine und Perlen erwarben. Sie brachten ihre Religion, den Hinduismus, nach Indonesien. Auch die Chinesen unterhielten schon früh Kontakte zu bestimmten indonesischen Königreichen und handelten mit Gewürzen. Sie führten ihren Glauben, den Buddhismus, ein.

Im 13. Jahrhundert entwickelten die arabischen Kaufleute Handelsbeziehungen zunächst mit Sumatra und später auch mit Java. So kam der Islam auf die Inseln und verbreitete sich, bevor die ersten europäischen Christen die Inseln zu Beginn des 16. Jahrhunderts entdeckten.

Auf der Suche nach Gewürzen ließen sich die Portugiesen und später auch die Engländer und Niederländer auf der Insel Java nieder. Die Niederländer bekämpften die Einwohner der Hauptinseln und schufen im Jahr 1602 die Vereinigte Niederländische Ostindien-Kompanie, die sogenannte VOC. Das Ziel der VOC bestand darin, die landwirtschaftlichen Güter und Rohstoffe Indonesiens auszubeuten. Zu ihnen zählen zum Beispiel Kaffee, Zuckerrohr, Kakao, Tee, Kautschuk und Edelhölzer.

Dreihundert Jahre lang waren die Niederländer die politischen Herren in Niederländisch-Ostindien. Immer wieder versuchten die Indonesier, sie zu stürzen, jedoch ohne Erfolg. In den 1920er und 1930er Jahren forderten mehrere indonesische Freiheitsbewegungen die Unabhängigkeit. Im Zweiten Weltkrieg wurde die Inselgruppe zunächst von den Japanern besetzt. Als Japan im Jahr 1945 eine Niederlage erlitt, versuchten die Niederländer vergeblich, ihre Macht wieder zu festigen. Die Indonesier erlangten ihre Unabhängigkeit und wurden fortan von dem sozialistischen Präsidenten Sukarno regiert.

Im Jahr 1966/67 übernahm Suharto die Herrschaft. Über 30 Jahre lang stand der Militärdiktator an der Spitze des Landes. 1998 endete sein Regiment, und seither ist die politische und soziale Situation im Land sehr schwierig: Die politischen Führer sind korrupt, ein Großteil der Bevölkerung ist arbeitslos (zwischen einem Viertel und einem Drittel der Menschen), und viele Indonesier leben von weniger als einem Euro pro Tag.

Es gibt einige sehr gewalttätige islamistische Gruppen, die auch Terroranschläge verüben. Zu ihnen gehört jedoch nur ein sehr kleiner Teil der Bevölkerung. Die große Mehrheit der muslimischen Indonesier ist dagegen sehr tolerant und achtet die anderen Religionen.

Ahmed, Dewi und Wayan laden uns nach Indonesien ein

***»Dari mana?«*, »Woher kommst du?«,** ist die erste Frage, die ein Indonesier einem Fremden stellt.

Die Indonesier befragen jedoch auch die eigenen Landsleute nach ihrer Herkunft. Denn die Bewohner von Java, Bali, Borneo oder Sumatra haben sehr unterschiedliche Sitten und Lebensweisen. So überrascht es nicht, dass das Motto Indonesiens »Einheit in der Vielfalt« lautet.

Ahmed ist ein elfjähriger Junge und wohnt in Jakarta auf der Insel Java. Java ist die reichste, am weitesten entwickelte und am dichtesten besiedelte Insel Indonesiens. Ahmed ist Muslim. Seine Eltern führen ein kleines Restaurant, und Ahmed träumt davon, später ein großer Koch zu werden.

Dewi ist zwölf Jahre alt. Sie lebt in der Stadt Bukittinggi im Hochland der großen Insel Sumatra. Dewi gehört zum Volk der Minangkabau, bei dem die Frauen das Sagen haben und alle wichtigen Entscheidungen fällen. Dewis Eltern sind Weber. Von ihnen lernt sie, wie man *Songket* und *Batik* macht, das sind Stoffe aus Seide und Baumwolle.

Wayan ist ein zwölfjähriger Junge und wächst in dem kleinen Dorf Nagka auf der Insel Bali, der »Insel der Götter«, auf. Wie seine Eltern ist Wayan Hindu. Seine Schwester Made lernt balinesischen Tanz und spielt Flöte in einem *Gamelan*-Orchester. Manchmal begleitet Wayan seinen Vater zur Arbeit. Er ist ein berühmter *Dalang*, so heißt der Puppenspieler eines Schattentheaters.

Ahmed lebt in Jakarta, der Hauptstadt Indonesiens

Ahmed ist elf Jahre alt. Er ist Javaner, das heißt, er stammt von der Insel Java. Java hat über 120 Millionen Einwohner, das ist ungefähr die Hälfte der Gesamtbevölkerung der indonesischen Inselgruppe.

Die Bevölkerungsdichte auf Java ist sehr hoch. Sie beträgt knapp 1000 Einwohner pro Quadratkilometer und ist damit etwa viermal so hoch wie in Deutschland. Wegen der vielen aktiven Vulkane ist der Boden der Insel Java sehr fruchtbar. Hier werden vor allem Reis, Tee und Kaffee angebaut. Weil Java auch die anderen Inseln mit Nahrungsmitteln beliefert, wird Java als »Kornkammer« Indonesiens bezeichnet.

Ahmed wohnt in Kota, einem armen Stadtteil im Norden von Jakarta. Der Stadtkern Jakartas war ursprünglich von den Niederländern gegründet worden und erstreckt sich heute über 30 Kilometer von Nord nach Süd. Im Laufe der Jahrhunderte dehnte sich Jakarta immer weiter aus und verleibte sich einige benachbarte Städte ein. Die Stadt ist in mehrere Verwaltungsbezirke gegliedert. Zu den Besonderheiten Jakartas zählen die vielen Kanäle, die die Stadt wie die Tentakeln eines Kraken durchziehen und in ein Labyrinth verwandeln.

Ahmeds Eltern haben ein kleines Restaurant, das den ganzen Tag geöffnet ist. Ahmed geht noch zur Schule. Sein Bruder Didi ist schon 17 Jahre alt und arbeitet seit einem Jahr. Er hat ein *Becak*, so nennt man eine dreirädrige Motorradrikscha. Damit bringt er die Nachbarn zur Arbeit oder befördert Touristen, die den Hafen besichtigen wollen. Didi kennt sich in der Stadt sehr gut aus, und manchmal, nach der Schule oder am Wochenende, lässt er seinen kleinen Bruder aufsitzen und fährt mit ihm durch die Straßen von Jakarta.

Zusammen erkunden sie immer wieder neue Viertel. Sie fahren auch zum Markt, wo sie Kisten mit frischem Fisch für das Restaurant reservieren. In Jakarta braucht man auch für kurze Strecken viel Zeit. Wie in vielen Hauptstädten sind die Straßen zu jeder Tageszeit vom Verkehr verstopft, und die Abgase der vielen Autos, Minibusse und Motorroller verschmutzen die Luft. Die Jakarter sind auf Fahrzeuge angewiesen, weil die gewaltige Stadt keine U-Bahn besitzt. Sie müssen den Stau, der rund um die Uhr herrscht, hinnehmen.

Armut im Herzen der Stadt

Viele Menschen strömten vom Land oder von anderen Inseln in die Stadt, weil sie hofften, dort Arbeit zu finden. Jakarta wurde immer größer. Doch nur selten bekamen die Neuankömmlinge eine feste Beschäftigung angeboten. So verdienten sie ihr Geld als Schuhputzer, verkauften Suppe, boten ihre Dienste als Friseur auf der Straße an oder wurden Lumpensammler. Mit diesen kleinen Verdiensten lässt es sich jedoch nur schwer überleben.

Obwohl Indonesien sehr reich an Bodenschätzen ist, leben viele seiner Einwohner in großer Armut. Das seit etwas über 60 Jahren unabhängige Land ist nur schwach industrialisiert. Es lebt von den landwirtschaftlichen Erzeugnissen wie Reis, Gemüse und Früchten, die in andere Länder exportiert werden. Zwar bringt der Verkauf einiges an Geld ein, doch im Gegenzug müssen Industrieprodukte wie Autos oder Hightechartikel, die nicht im Land hergestellt werden, zu sehr hohen Preisen eingeführt werden.

Auch das Bildungssystem und der Gesundheitssektor sind schlecht entwickelt. Die Mehrheit der jungen Indonesier besitzt eine schlechte Schulbildung, vor allem das Wissen um neue Technologien ist nur wenig verbreitet. Gleichzeitig verlassen viele junge Menschen die ländlichen Gebiete und ziehen in der Hoffnung auf eine besser bezahlte Arbeit in die Stadt.

In Jakarta leben viele Menschen in Armut.

Durch den großen Zustrom armer Indonesier nach Jakarta entstanden die *Kampung*. Das sind dorfähnliche Viertel, in denen die Einwohner ihr Leben so weiterführen, wie sie es früher vom Land her gewohnt waren.

Meistens leben hier Menschen aus einer bestimmten Region oder einer bestimmten Volksgruppe zusammen. Viele dieser Viertel sind Slums ohne fließendes Wasser und Elektrizität. Die Häuser sind klein, sehen alle gleich aus und sind mit Ziegeln gedeckt. Doch es gibt auch viele Holzhütten mit einem Dach aus Wellblech. Im *Kampung* von Ahmed stammen alle Einwohner von der Insel Java und leben seit mehreren Generationen in Jakarta.

In Jakarta stehen auch sehr viele futuristische Gebäude. Die modernen Hochhäuser gehören den großen indonesischen und ausländischen Unternehmen. Hier wohnen die reichsten Einwohner. In der Regel handelt es sich um Mitglieder der »großen« Familien des javanischen Adels oder des Großbürgertums, die ihren Wohlstand von Generation zu Generation vermehren konnten.

Wie in vielen sogenannten Entwicklungsländern, die den Rückstand zu den westlichen Ländern aufzuholen versuchen und die Industrialisierung fördern, gibt es auch in Jakarta »neureiche« Familien. Sie kamen durch den Handel mit Holz, Erdöl oder Erzen wie zum Beispiel Gold zu großem Vermögen. In den reichen Vierteln Jakartas leben auch die Minister und die Mitglieder der Armee, die in Indonesien schon immer eine wichtige Rolle spielte.

An manchen Wochenenden zeigt Didi seinem kleinen Bruder die vollständig renovierten Viertel im Stadtzentrum. Zwischen den hochmodernen Türmen und den Luxushotels stehen vereinzelt noch große weiße Häuser, die aus der niederländischen Kolonialzeit stammen.

Jedes Mal, wenn Ahmed vor diesen Häusern steht, hat er das Gefühl, in einer anderen Stadt zu sein. Der Unterschied zu seinem *Kampung* in Kota ist groß. Und dennoch handelt es sich um die gleiche Stadt. Wie viele andere Hauptstädte, so zeigt auch Jakarta zwei sehr unterschiedliche Gesichter: ein traditionelles, das häufig von Armut geprägt ist, und ein sehr modernes, futuristisches und reiches, in dem westliche Einflüsse vorherrschen.

Ahmed ist Muslim

***»Agama anda apa?«*, »Was ist Ihre Religion?«,** ist häufig die zweite Frage, die Indonesier Neuankömmlingen stellen, seien es Indonesier oder Ausländer.

Der Glaube an Gott ist für einen Indonesier sehr wichtig und selbstverständlich. In Indonesien sind die Menschen tief religiös, und somit ist die Religion allgegenwärtig. Es macht kaum einen Unterschied, ob man Muslim, Katholik, Protestant, Hindu oder Buddhist ist, die Hauptsache ist, man glaubt an einen Gott.

Der Glaube an Gott ist sogar Bestandteil einer der fünf Leitsätze, die in der indonesischen Verfassung festgeschrieben sind, und die Religionszugehörigkeit eines jeden Indonesiers ist in seinem Personalausweis vermerkt. Indonesien ist jedoch keineswegs ein theokratischer Staat, also ein auf der Religion beruhender Staat. Es ist vielmehr ein sehr offenes Land, das stets die von den Indern, Chinesen, Arabern und Europäern eingeführten Religionen anerkannte und in die einheimischen Glaubensvorstellungen aufnahm.

Wie die große Mehrheit der Indonesier, so gehören auch Ahmeds Eltern dem islamischen Glauben an. Sie gehören zu den sogenannten *Abangan*: Das sind Muslime, deren Glaube sich mit bestimmten traditionellen Glaubensvorstellungen Javas, wie dem Ahnenkult oder dem Leben im Einklang mit der Natur, vermischt. Wie alle Muslime lebt auch Ahmeds Vater nach dem Koran, dem heiligen Buch des Islam. Hier erfährt er, was ein guter Gläubiger im Lauf seines irdischen Lebens alles leisten muss.

Im Viertel Kota gibt es mehrere Moscheen, in denen sich die Muslime versammeln. Fünfmal am Tag ruft ein Geistlicher, den man Muezzin nennt, die Gläubigen zum Gebet auf. Dann beten sie an dem Ort, an dem sie sich gerade aufhalten. Diese fünf täglichen Gebete heißen *Salat*. Im Restaurant von Ahmeds Vater können die Gäste bei jedem *Salat* in einem kleinen Raum niederknien. Auf diese Weise haben sie die Möglichkeit, ihr Glaubensbekenntnis, das *Schahada*, etwas abgeschirmt und in aller Ruhe aufzusagen.

Einmal pro Woche, am Freitag, begleitet Ahmed seinen Vater zur großen Moschee Istiqlal. Sie ist eine der größten Moscheen der Welt und liegt mitten im Herzen Jakartas. Das Freitagsgebet ist das wichtigste Gebet der Woche. Mehrere tausend Gläubige nehmen daran teil, weil diese Zeremonie zu den Glaubensregeln, den fünf Säulen des Islam, gehört, die jeder Muslim beachten muss.

Viele Gläubige strömen zum Freitagsgebet in die Moschee.

Neben dem Gebet gibt es noch weitere Pflichten, die die Gläubigen erfüllen müssen: Jeder Muslim sollte Almosen geben. Aus diesem Grund richtet Ahmeds Vater regelmäßig Spenden an muslimische Organisationen, die sich um die Erhaltung und den Unterhalt der Moscheen kümmern.

Einmal im Jahr, im Monat Ramadan, fastet Ahmeds Familie, wie es die Tradition verlangt. Vom Morgengrauen bis zum Sonnenuntergang essen und trinken sie nicht. Zudem sollte jeder Muslim einmal in seinem Leben eine Pilgerfahrt nach Mekka unternehmen. Mekka liegt in Saudi-Arabien und gilt als heiligste Stadt des Islam, denn hier hat der Prophet Mohammed gelebt, der den Menschen die Religion Gottes, Allahs, offenbarte. Jedes Jahr unternehmen Tausende muslimischer Indonesier von allen Inseln diese Reise, und Dutzende von Flugzeugen werden speziell für diesen Zweck gechartert. Letztes Jahr waren Ahmeds Eltern zum ersten Mal in ihrem Leben in Mekka. Wenn Ahmed erwachsen ist, will auch er die heilige Reise unternehmen.

Das Land und das Meer

Das Viertel Kota ist ein sehr altes Stadtviertel, das ursprünglich von den Kolonialherren besiedelt worden war. Die Niederländer ließen sich dort in großer Zahl nieder, da es direkt neben dem Hafen liegt.

Heute ist der Hafen von Jakarta, der zu den größten Häfen der Welt zählt, in zwei Teile geteilt. Auf der einen Seite liegt der Industriehafen Tanjung Priok. Hier laufen Frachtschiffe aus der ganzen Welt ein und werden mit landwirtschaftlichen Erzeugnissen, Erdöl, Gas, Holz oder auch Gütern wie Kleidern, Schuhen oder Möbeln beladen. Täglich treffen viele Schiffe ein, und Tausende von Hafenarbeitern helfen dabei, die Container zu leeren und mit neuer Fracht zu befüllen. Die Aufenthalte der Schiffe im Hafen sind sehr kurz, und es herrscht ein ständiges Kommen und Gehen. Auf der anderen Seite erstreckt sich der Hafen Sunda Kelapa, in dem Fischerboote und Fähren anlegen, die Reisende von und zu allen Inseln der Inselgruppe bringen. Dieser Hafen blickt auf eine lange Geschichte zurück, denn hier wurden die portugiesischen, englischen und vor

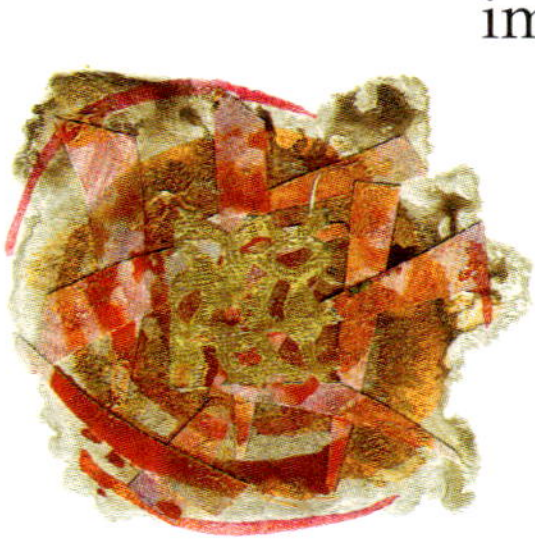

allem niederländischen Schiffe mit Gewürzen für Europa befrachtet.

Sunda Kelapa ist heute eine richtige Stadt. Die Erzeugnisse der verschiedenen Inseln werden hier entladen und verkauft.

Nach der Schule geht Ahmed häufig mit seinem Bruder Didi und seinem Vater zum Hafen, wo sie frische Nahrungsmittel für das Restaurant kaufen. Am liebsten sieht er den berühmten Bugis beim Anlegen zu. Das sind indonesische Boote, die speziell für den Transport von Baumstämmen entwickelt wurden. Die Bäume stammen aus den Wäldern Borneos, Sumatras oder West-Papuas. Im Hafen sieht man auch viele Pinisi. Die kleinen Boote werden für den Verkehr zwischen den Inseln genutzt und transportieren alle Arten von Gütern, wie Holz, Gemüse, Fisch oder Schalentiere.

Im Hafen Sunda Kelapa findet auch der Fischmarkt *(Pasar Ikan)* statt, der um halb neun abends seine Tore öffnet. Wenn Ahmed und sein Vater vorhaben, dorthin zu gehen, beeilen sie sich mit dem Abendessen, damit sie pünktlich vor Ort sind.

An jedem Abend in der Woche herrscht auf dem Fischmarkt geschäftiges Treiben. Tausende von Menschen aus Jakarta und den benachbarten Städten kaufen hier bis zwei oder drei Uhr morgens ein und versuchen, in dem dichten Gedränge die schönsten Fischposten zu ergattern.

Ahmeds Vater kennt viele Leute. Er diskutiert mit bestimmten Verkäufern und fragt sie, ob der Fang gut war und ob unter den nächsten Anlieferungen bessere Qualität zu erwarten ist. Er schreitet die Stände der Fischer ab, die ihren Fang darbieten, und wählt mehrere Posten mit Fisch, Muscheln und Garnelen aus. Anschließend ist es Ahmeds Aufgabe, Marktarbeiter zu finden, die ihnen beim Transport der Kisten helfen. Sein Vater kauft auch Säcke mit Reis und frisches Gemüse, vor allem Sojabohnen.

Die indonesische Küche

In Ahmeds Viertel gibt es viele kleine Restaurants wie das seiner Eltern.

Bevor Ahmeds Vater ein eigenes Restaurant eröffnen konnte, hatte er ein *Kaki Lima.* Das ist eine kleine mobile Garküche, die man während des Tages von Ort zu Ort ziehen kann. Morgens blieb er im *Kampung,* und anschließend stand er von Mittag bis Abend am Hafeneingang und verkaufte den Hafenarbeitern Suppe und Reis- oder Nudelgerichte. Seit fünf Jahren betreibt er ein *Warung*, also ein kleines einfaches Restaurant mit nur einem Gastraum, in dem ein großer Tisch und Bänke stehen. Das Restaurant ist zu jeder Tageszeit gut besucht.

In Indonesien ist es üblich, zu allen Tageszeiten und an allen Orten zu essen: auf der Straße, am Marktrand, neben Moscheen, im Bus, auf Schiffen oder in Zügen.

Aufgrund ihrer bewegten Vergangenheit kochen die Indonesier sehr abwechslungsreich. Viele Zutaten wurden aus den indischen, arabischen, europäischen und chinesischen Speisen übernommen und neu zusammengestellt. Die indischen und arabischen Kaufleute führten die Gewürze in die einheimische Küche ein, während die Chinesen Nudeln, Sojasoße und Gemüsesorten wie die Wasserkastanie mitbrachten. Die Peperoni stammt ursprünglich aus Spanien (die indonesischen Speisen sind scharf gewürzt), und Gemüsesorten wie Karotten, Kartoffeln, Kraut und auch Tomaten gehen auf die Essensgewohnheiten niederländischer Kolonialherren zurück.

Das traditionelle Grundnahrungsmittel der indonesischen Küche ist nach wie vor der Reis. In einigen Regionen, in denen der Reisanbau schwierig oder unmöglich ist, ersetzt ihn die Süßkartoffel oder der Maniok. Aus den Wurzelknollen dieser Pflanze wird ein essbares Mehl gewonnen, das man Tapioka nennt.

Wie viele Restaurants in Jakarta bietet auch das Restaurant von Ahmeds Eltern eine Vielzahl beliebter Spezialitäten an. In der großen Küche neben dem Gastraum bereiten Ahmeds Eltern, sein Bruder Didi und zwei Angestellte bereits im Morgengrauen verschiedene Speisen zu: Salate mit gekochtem, scharf gewürztem Gemüse und Erdnusssoße *(Gado Gado)*, Hühnerfleischspieße, Hühnersuppe *(Soto Ayam)*, gebratenen Reis oder gebratene Nudeln mit fein gehackten Fleischstücken, Garnelen und Eiern *(Nasi* und *Mie Goreng)* und vieles mehr. Ahmeds Vater ist Fachmann für gebratene Nudeln mit Gemüse und Fisch und in Bananenblätter gewickelten Reis. Didi ist der Meister der Pfannkuchen mit Nussfüllung. Bevor Ahmed zur Schule geht, hilft er beim Gemüseschälen und Garnelenputzen. Manchmal lässt seine Mutter ihn die frittierten Garnelen probieren. Am liebsten isst er gegrilltes Hähnchen mit Tapioka und Kokosnuss, eine balinesische Spezialität.

Ahmed genießt es, viele Gäste um sich zu haben und sie zu bewirten. Wenn er alt genug ist, will auch er einmal Koch werden und selbst ein Restaurant führen. Sein Vater wird ihm sicherlich dabei helfen.

Dewi lebt auf der Insel Sumatra

Dewi ist zwölf Jahre alt. Sie ist im Bergland der Insel Sumatra geboren. Sumatra ist eine riesige Insel, auf der viele verschiedene Volksgruppen leben, die alle ihre eigenen überlieferten Bräuche pflegen. Dewi gehört dem Volk der Minangkabau an. Zu den Minangkabau zählen ungefähr fünf Millionen Angehörige, die im Westen der Insel am Fuß des Vulkans Merapi angesiedelt sind. Das Land erstreckt sich über drei große Täler mit ausgedehnten Reisfeldern, die in Terrassen angelegt sind.

Die Insel Sumatra

Sumatra ist die fünftgrößte Insel der Welt und ein gutes Stück größer als Deutschland. Das Land unterteilt sich in neun Provinzen. Im Nordwesten liegt die Provinz Aceh, die Ende des Jahres 2004 von dem fürchterlichen Tsunami heimgesucht wurde, der über 50 000 Opfer forderte.

Es war nicht das erste Mal, dass Indonesien von einer Naturkatastrophe betroffen war. In regelmäßigen Abständen kommt es hier zu Erdbeben oder, wenn sehr große Trockenheit herrscht, zu gewaltigen Waldbränden. Hin und wieder werden die Vulkane aktiv. Im Jahr 1883 zum Beispiel brach der Vulkan Perbuatan auf der Insel Krakatau aus. Die Explosion löste eine gewaltige Flutwelle aus, die über 35 000 Menschen das Leben kostete.

Auf Sumatra gibt es unterschiedlichste Landstriche: Riesige Regenwälder, sehr feuchte Täler, Sümpfe und Berge erstrecken sich über die Insel. Die Böden sind dank der vulkanischen Erde nahrhaft und fruchtbar. Das Klima ist tropisch, also sehr heiß und feucht mit teils starken Regenfällen. Unter solchen Bedingungen können viele verschiedene Pflanzenarten bestens gedeihen.

Wie auf Sumatra, so findet man auch auf den anderen Inseln der indonesischen Inselgruppe viele verschiedene Landschaftsformen und eine Vielfalt in der Tier- und Pflanzenwelt. Auf Sumatra, Java und Bali gibt es riesige fruchtbare Ebenen und in Terrassen angelegte Reisfelder. Der tropische Regenwald auf der Insel Borneo (Kalimantan) gehört zu den größten Regenwäldern der Erde.

In den Binnenmeeren zwischen Abertausenden von Inseln, die zum Teil sehr nahe nebeneinander liegen, entwickelten sich kleine Paradiese mit unzähligen Korallen, Schalentieren, Fischen und Wasserpflanzen.

Die Märkte von Bukittinggi

Dewi lebt in der Kleinstadt Bukittinggi. Sie liegt einige Kilometer von dem traditionellen Dorf entfernt, in dem ihre Großeltern wohnen. Bukittinggi gilt als bedeutendes kulturelles Zentrum der Minangkabau. Dennoch lebt die Stadt im Rhythmus der muslimischen Religion: Jeden Morgen um fünf Uhr wird Dewi vom Gebetsruf der verschiedenen Moscheen geweckt. Zu dieser frühen Stunde beginnen die Bauern mit ihrer Arbeit und führen ihre Kühe auf die Weiden. Andere Bauern wiederum kommen aus ihren Dörfern in die Stadt, um ihre Waren auf dem »oberen Markt« (Pasar Atas) anzubieten.

Der obere Markt von Bukittinggi ist der größte Markt der Insel Sumatra. Er ist bekannt für die Vielfalt der landwirtschaftlichen Produkte und der kunsthandwerklichen Erzeugnisse aus dem Umland, die dort feilgeboten werden. Tausende von Menschen strömen aus den benachbarten Regionen zu diesem Markt.

Der »untere Markt« *(Pasar Bawah)* ist den importierten Waren vorbehalten. Sie stammen vorwiegend aus den anderen asiatischen Ländern, wie zum Beispiel China.

Jeden Samstag geht Dewi mit ihren Eltern auf den oberen Markt. Dewis Eltern sind Weber und in der kleinen Stadt für ihr Kunsthandwerk sehr anerkannt. Sie stellen verschiedene Stoffe wie *Songket* und *Batik* her, die sie auf dem Markt verkaufen. *Songket* sind Stoffe auf Seidenbasis, die typisch für die Kultur der Minangkabau sind, während *Batik*-Stoffe in der javanischen Tradition wurzeln. Die gewebten Tücher werden von den Frauen getragen oder auch für die Dekoration der Häuser benutzt. Sie sind auch beliebte Geschenke zu Hochzeiten, Geburten und anderen traditionellen Festen.

Auf dem Markt bieten Bauern und Fischer ihre Waren an.

Die traditionellen Dörfer

Dewis Eltern mussten schon vor einigen Jahren ihr Heimatdorf Padang Magek verlassen, weil sie dort keine Arbeit finden konnten. Wenn Dewis Mutter später einmal die Felder der Familie erben wird, wird die Familie wieder zurückkehren und in das Haus der Großeltern einziehen.

Padang Magek ist ein kleines traditionelles Dorf. Wie alle Häuser in den Dörfern der Minangkabau, die man *Rumah Gadang* nennt, ist auch das Haus von Dewis Großeltern ein geräumiges Holzhaus. Die Außenwände sind mit geschnitzten und gemalten Motiven verziert, die Landschaften, Blumen oder geometrische Figuren zeigen. Die Dächer sind lang gezogen und mehrmals geschwungen. An den Enden ragen Spitzen in den Himmel. Sie sollen Büffelhörner darstellen, denn der Büffel ist das heilige Tier der Minangkabau.

Jedes Teildach entspricht der Wohnung eines weiblichen Familienmitglieds.

Das Haus der Großeltern liegt inmitten der Reisfelder und steht auf Stelzen. Im Innern gibt es einen großen Empfangsraum für Gäste. Die Zimmer der weiblichen Familienmitglieder sind von denen der Männer getrennt. Das zeigt bereits, dass die Frauen im Land der Minangkabau sehr unabhängig sind.

Frauen haben das Sagen

Obwohl die Angehörigen der Minangkabau Muslime sind und der Islam dem Mann große Macht über die Frau einräumt, sind es bei diesem Volk traditionsgemäß die Frauen, die im Alltag das Sagen haben. Das Dorf wird zwar von einem Mann oder einem Rat aus Männern regiert, doch die letzte Entscheidungsgewalt liegt bei den Frauen: Jede Familie gehorcht der älteren der Großmütter.

Die beiden Großmütter von Dewi sind im Dorf Padang Magek hoch angesehene Frauen. Jede besitzt ein Haus und Reisfelder, und sie allein verfügen über ihre Güter und können sie weitervererben. Bei den Minangkabau ist es Tradition, dass die Großmütter und Mütter über die Felder wachen. Aufgabe der Männer, Söhne und Enkel ist es, die Felder zu bestellen und für reiche Ernten zu sorgen.

In der Gesellschaft der Minangkabau sind alle Männer dazu verpflichtet, die *Marantau*-Regel zu befolgen, das heißt, sie müssen ihr Heimatdorf in jugendlichem Alter verlassen, um Erfahrungen zu sammeln,

ihren Horizont zu erweitern und andere Welten kennenzulernen. Anschließend müssen sie wieder ins Dorf zurückkehren, eine Frau auswählen und heiraten. Diese Lebensregel ist sehr wichtig. Sie wird von allen akzeptiert, und wer sie nicht befolgt, muss mit großen Schwierigkeiten rechnen.

Der Legende zufolge verließ der Sohn einer Minangkabau-Frau eines Tages sein Dorf, um seine Zeit im Exil zu verbringen, wie es Brauch ist. Auf seiner Reise erlernte er den Beruf des Fischers und wurde ein reicher Kaufmann. In der Zwischenzeit verarmte seine Mutter und verlor ihren Mann. Als der Sohn in das Dorf zurückkam und erfuhr, was seiner armen Mutter widerfahren war, stieß er sie fort und wollte sie nicht mehr kennen. Daraufhin verfluchten ihn die Frauen des Dorfes. Als er das nächste Mal zur See fuhr, kam ein heftiger Sturm auf, und sein Boot sank. Er ertrank, weil er gegen die Sitte der Minangkabau gehandelt hatte.

Dewi lernt, wie man Seide webt

In Indonesien sind Kunst und Kunsthandwerk so hoch entwickelt wie an wenigen anderen Orten der Welt. Seit Menschengedenken gehören Holzschnitzerei, Malerei, Goldschmiedekunst und Webkunst zu den ausgeübten Kunsthandwerken.

Die Künste sind in Indonesien eng mit den religiösen Vorstellungen und den kulturellen Traditionen verbunden. Dewis Eltern lernten im Dorf Padang Magek bereits in jungen Jahren, wie man *Songket* webt. Das traditionsreiche Handwerk wurde ihnen von ihren Eltern beigebracht. Als sie sich später in Bukittinggi niederließen, lernten sie, wie man *Batik* herstellt, was ein völlig anderes Wissen erfordert.

Nun ist es Dewi, die gezeigt bekommt, wie man diese wunderschönen Stoffe fertigt. Das Besondere am *Songket* ist, dass unter die Fäden aus gesponnener Naturseide Gold- und Silberfäden gemischt werden. Auf diese Weise entsteht ein Brokatstoff, also ein mit Gold und Silber durchwirktes Gewebe, mit verschiedenen Motiven und leuchtenden Farben. Alle Farbstoffe stammen aus der Natur: Blau wird aus dem Blatt der Indigopflanze gewonnen, Gelb aus Safran oder Kurkuma, Rot aus Paprika und das typische Braunorange aus bestimmten Eisenerzen. Die anderen Farben, wie Schwarz, Braun oder Grün, werden ebenfalls aus Pflanzen oder Erzen erzeugt. Ihre Herstellung erfolgt nach geheimen Rezepten, die von Generation zu Generation weitergegeben werden. Auch Dewis Eltern halten die Herstellung ihrer Stoffe geheim. Die Qualität der Stoffe ist an dem Glanz der Farben zu erkennen. Manchmal dauert es Wochen und Monate, bis der gewünschte Farbton erreicht ist.

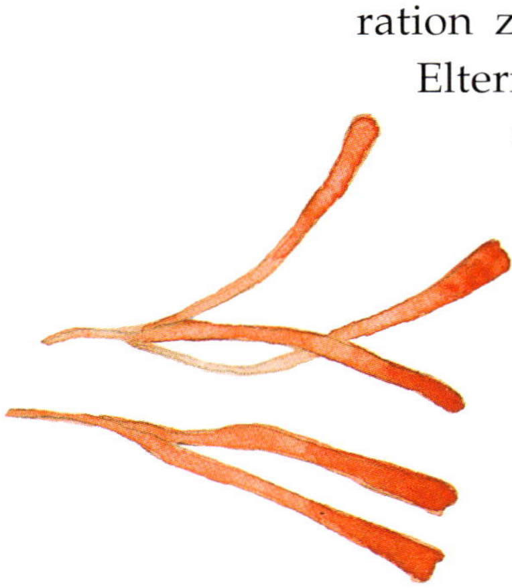

Wenn Dewi keine Schule hat, lernt sie, wie man den Webstuhl mit Bedacht bedient. Dabei sitzt sie auf einer Bank und bewegt mit den Füßen die

Behutsam wird das Wachs auf den Stoff aufgetragen.

Pedale. Die Pedale steuern ein Kettensystem, mit dessen Hilfe die Seide nach einem präzisen Muster gewebt wird. Wenn die Seidenfäden sich verheddern oder nicht richtig liegen, kann Dewi den Webvorgang sofort unterbrechen. Sie gibt den Rhythmus vor und wacht darüber, dass die Seidenfäden regelmäßig verlaufen.

Im Gegensatz zum *Songket* stammt der *Batik* von der Insel Java und ist in Indonesien wesentlich weiter verbreitet. In dem kleinen Familienbetrieb ist Dewis Vater für die Herstellung verantwortlich. Auf einen gewebten Baumwollstoff zeichnet er Motive mit heißem Wachs, das er mithilfe eines kleinen Geräts, das man *Canting* nennt, auf beide Stoffseiten aufbringt. Der behandelte Stoff wird nun in ein Farbbad getaucht. Die mit Wachs gemalten Motive bleiben beim Färben weiß, da die Farbstoffe das Wachs nicht durchdringen können. Nach jedem Tauchbad trägt Dewis Vater Wachs auf bereits gefärbte Stellen auf, damit diese nicht von der nächsten Farbe überfärbt werden. Will er bestimmte Muster in einem nächsten Farbbad tönen, muss er vorher das Wachs an beiden Seiten abkratzen. Diesen Vorgang wiederholt er bei jeder Farbe. Am Ende werden alle Wachsreste in kochendem Wasser aus dem Stoff gelöst.

Mit dieser traditionellen Technik erhält man einen *Batik Tulis*, wie die Indonesier sagen, also ein beschriebenes Stück Stoff. Je nach Art der Motive und Anzahl der Farben braucht Dewis Vater einen bis zwei Monate, bis ein einziger *Batik* fertiggestellt ist. Es ist eine wahrhaft kunstvolle Arbeit, die einem viel Geduld abverlangt.

Auf seinen Rat hin zeichnet Dewi die Motive häufig auf Papier, so dass sie die Muster auswendig malen kann. Bald wird sie unter Aufsicht ihres Vaters versuchen, die Motive mit heißem Wachs direkt auf den Stoff zu übertragen. Sie ist schon ein bisschen ungeduldig und kann es kaum erwarten, endlich selbst die schönen *Songket* und *Batik* herzustellen.

Die Bahasa Indonesia

Mit sechs Jahren wurde Dewi eingeschult. In der Schule lernt sie *Bahasa Indonesia* (wörtlich übersetzt »indonesische Sprache«), die indonesische Amtssprache. Von Geburt an haben die Eltern und Großeltern mit Dewi die Sprache der Minangkabau gesprochen. Auch Dewi verständigte sich die ersten fünf Lebensjahre überwiegend in diesem Dialekt, doch lernte sie darüber hinaus viele Wörter der indonesischen Landesssprache. Heute beherrscht sie beide Sprachen gleich gut.

Die *Bahasa Indonesia* stammt vom Malaiischen ab. Die malaiische Sprache hat eine lange Tradition und wurde erst nach der Unabhängigkeitserklärung im Jahr 1945 zur gemeinsamen Nationalsprache aller Inseln der indonesischen Inselgruppe ernannt. Für die meisten Indonesier ist *Bahasa Indonesia* daher keine Muttersprache. Auch Dewis Eltern sprachen den Dialekt der Minangkabau, bevor sie *Bahasa Indonesia* erlernten.

Noch heute gibt es Hunderte von Dialekten und regionalen Sprachen wie Javanisch, Batak, Achinesisch, Toraja, Balinesisch, Bugis oder Ambonesisch. Nur die Bewohner der Provinz Riau auf der Insel Sumatra haben schon immer die indonesische Sprache gesprochen, die heute Amtssprache ist. Riau ist ein ehemaliges Königreich Malaysias, und das von den Bewohnern gesprochene Malaiisch stimmt mit *Bahasa Indonesia* fast völlig überein.

Bereits im Jahr 1928 wurde der Beschluss gefasst, dass Malaiisch unter dem Namen *Bahasa Indonesia* die Sprache der zukünftigen indonesischen Nation sein würde. Dies entschied die Unabhängigkeitsbewegung, die sich gegen die niederländischen Kolonialherren erhob, während einer Zeremonie, die sich »Jugendschwur« *(Sumpah Pemuda)* nannte.

Die Wahl einer Amtssprache fiel nicht leicht. Niederländisch schied aus, da es die Sprache der Kolonialherren war und für all das stand, was die Indonesier abschaffen wollten. Javanisch bot sich als Nationalsprache an, da es die am meisten gesprochene Sprache unter der Bevölkerung ist. Javanisch ist jedoch eine sehr vielschichtige und damit schwierige Sprache, bei der sich der soziale Stand einer Person in der Sprache spiegelt. Daher zog die Unabhängigkeitsbewegung die malaiische Sprache vor, die im Norden der Insel Sumatra gesprochen wird. Sie wurde am Hof der Sultane und Fürsten seit dem 7. Jahrhundert gesprochen und war die gängige Umgangssprache unter Kaufleuten und Seeleuten. Sie war leicht zu erlernen, und auch der Islam verwendete diese Sprache.

Da der Einfluss der europäischen Kaufleute und Kolonialherren in Indonesien sehr groß war, findet man in der *Bahasa Indonesia* viele Wörter mit griechisch-lateinischer Abstammung. Als Napoleon die Niederlande im Jahr 1807 besiegte, wurde auch Niederländisch-Ostindien (das heutige Indonesien) zu einer französischen Kolonie, und einige französische Wörter gelangten in den indonesischen Wortschatz.

Dewi verwendet daher ab und zu Wörter auf *Bahasa Indonesia*, die auch wir Europäer kennen: *Restoran* (Restaurant), *Bandit* (Bandit), *Revolusi* (Revolution) oder *Demokrasi* (Demokratie).

Die Kinder üben sich in der Landessprache.

Wayan ist Balinese

Wayan ist zwölf Jahre alt. Er stammt aus dem Dorf Nagka, das im Norden der Insel Bali liegt. Er ist der Älteste von drei Geschwistern. Er hat eine kleine Schwester von zehn Jahren, die Made heißt, und einen kleinen Bruder namens Nyoman, der erst knapp zwei Jahre alt ist.

Auf Bali sind die Vornamen Wayan, Made und Nyoman sehr geläufig. Es ist in balinesischen Familien üblich, die Kinder nach der Reihenfolge ihrer Geburt zu benennen: So heißt das Erstgeborene Wayan, das zweite Kind Made und das dritte Nyoman, gleich welchen Geschlechts es ist. Da man die Kinder jedoch irgendwie unterscheiden muss, haben sie meist einen Spitznamen.

Wayan ist Hindu, wie die große Mehrheit der Einwohner von Bali, die man Balinesen nennt. Die hinduistische Religion kommt aus Indien. Indien und seine Kultur übten einen großen Einfluss auf die benachbarten Regionen aus. So gelangte der Hinduismus auch nach Indonesien, vor allem nach Bali. Wayans Familie verehrt die gleichen Götter wie die Hindus in Indien. Die beiden wichtigsten Gottheiten sind Vishnu und Shiva. Die Balinesen sind somit Polytheisten, das heißt, sie glauben an viele Götter. Damit unterscheiden sie sich von den Muslimen und Christen, die nur einen Gott verehren. Nach ihrem Tod werden die Balinesen nicht begraben, sondern verbrannt. Die Feuerbestattungen laufen nach bestimmten Riten ab, denen die gesamte Dorfgemeinschaft beiwohnt.

Die Balinesen glauben, dass an allen Orten Geister wohnen. Neben den hinduistischen Göttern verehren sie auch viele Gottheiten aus der Natur. Diese Gottheiten sind die Geister bestimmter Lebewesen oder der Toten. Ihre Zahl ist unendlich groß. Aus diesem Grund nennt man Bali auch »Insel der Götter« oder »Insel der tausend Tempel«.

Bali, ein Paradies auf Erden

Wayan weiß, dass seine Heimatinsel Bali zwar zu den kleinsten, aber dennoch bekanntesten Inseln der indonesischen Inselgruppe zählt. Seit Langem ist Bali das Traumziel vieler Touristen. Um 1930 zogen sich berühmte Maler hierher zurück. In den 1970er Jahren war Bali ein Paradies für Hippies, also der jungen Menschen, die die westliche Lebensweise ablehnten und in Frieden und Liebe leben wollten. Noch heute ist die Insel ein beliebtes Reiseziel. Jedes Jahr kommen über eine Million Touristen nach Bali, vor allem wegen der weißen Strände und zum Surfen. Trotz des großen Besucheransturms bewahren die drei Millionen Balinesen ihre Traditionen. An den Feiertagen, vor allem den religiösen Festtagen, kommt die ganze Bevölkerung zusammen, und die Künste wie Musik und Tanz leben dann auf.

Bali ist eine Welt für sich. Jeden Tag unterbrechen irgendwo auf der Insel Musik und Prozessionen den Alltag. Mal werden den Göttern Opfergaben dargebracht, mal finden Jahresfeste, Bauernfeste, Hochzeiten oder auch Feuerbestattungen statt. Im Durchschnitt gibt es an 180 Tagen im Jahr traditionelle Zeremonien oder nationale Feiertage.

Vor einem Jahr veranstalteten Wayans Eltern eine sehr große Zeremonie anlässlich des ersten Übergangsritus von Nyoman, ihrem jüngsten Kind. Ein Übergangsritus wird häufig zu Beginn eines neuen Abschnitts im Leben eines Menschen abgehalten, zum Beispiel wenn ein Junge oder Mädchen das heiratsfähige Alter erreicht. Bei Nyoman handelte es sich um den ersten Kontakt mit festem Boden, und alle Dorfbewohner nahmen an der Feier teil. Es ist Brauch, dass ein Baby am hundertfünfzigsten Lebenstag zum ersten Mal auf den Boden gelegt wird. Bisher wurde es stets von seiner Mutter getragen oder in einem *Batik* geschaukelt.

Neujahr *(Nyepi)* wird auf Bali sehr groß gefeiert. Einen Tag lang herrschen großer Lärm und Trubel, und allerorten werden fröhliche Feste veranstaltet. Die Menschen tragen farbenprächtige Kleider und nehmen an vielen feierlichen Umzügen teil. Der Abend und der nächste Tag jedoch gehören der Stille und der Finsternis. Wenn die Dämmerung hereinbricht, wird es auf der ganzen Insel dunkel. Alle Balinesen bleiben daheim, und niemand macht Licht. Auf diese Weise wollen sich die Menschen von schlechten Gefühlen befreien, die sich im Lauf des vergangenen Jahres angesammelt haben, und das neue Jahr mit ausgeglichenem Gemüt beginnen.

Weitere bedeutende Feste sind *Galungan* und *Kuningan*. An diesen Tagen feiern die Balinesen den Besuch der Götter auf Erden. Dazu schmücken sie die Straßen mit Bambusstangen, die mit Blumen und Opfergaben, wie Obst, Gemüse oder Fleisch, behängt werden. Alle Balinesen gehen in die Tempel, wo sie den Göttern Geschenke darbringen.

Die Balinesen leben mitten unter einer Vielzahl guter und böser Gottheiten, die sie mit ihren Ritualen gut stimmen wollen. In den meisten Dörfern gibt es mehrere Tempel. Einer der Tempel ist den guten Geistern geweiht, die die Dorfgemeinschaft im Alltag beschützen sollen. Ein anderer gilt als Grabtempel, in dem die Dämonen eingeschlossen sind, so dass sie nicht herauskönnen. In Wayans Dorf Nagka gibt es vier Tempel mit jeweils ganz bestimmten Aufgaben. Die den Bergen zugewandten Tempel sind die Wohnstätten der guten Geister, die Glück und Wohlstand bringen, während sich Dämonen und Riesen in den Tempeln verstecken, die zum Meer weisen.

Die Gamelan-Musik

Das Leben auf Bali verläuft im Rhythmus der *Gamelan*-Musik. Jedes Dorf hat ein eigenes *Gamelan*-Orchester. Das ist ein Instrumentalensemble, zu dem größtenteils Schlaginstrumente, aber auch einige Saiten- und Blasinstrumente gehören. Die Hauptinstrumente sind Gongs, Metallophone (eine Art Xylophon mit metallischen statt hölzernen Klangplatten), Xylophone, Trommeln, Becken und Flöten. Die Indonesier sagen, dass die *Gamelan*-Musik den ewigen Rhythmus des Meeres, des Windes in den Blättern und der tausend kleinen Geräusche der Natur nachempfindet.

Bei einem *Gamelan*-Orchester gibt es keinen Dirigenten.

Das *Gamelan* geht auf überlieferte Riten zurück. Einigen Einfluss hatten auch die alten Religionen Hinduismus und Buddhismus. Ursprünglich wurde diese Musik von den Bauern der Inseln Java und Bali gespielt. Später entwickelte sich das *Gamelan* zum vorherrschenden Musikstil an den Höfen der javanischen und balinesischen Könige, denen damals die Inseln des heutigen Indonesiens unterstanden. Mit der Zeit gelangte das *Gamelan* wieder unter das einfache Volk. Heute ist es eine Volkskunst, die in ganz Indonesien ausgeübt wird.

Das Besondere am *Gamelan* ist, dass es keine geschriebenen Noten gibt. Die *Gamelan*-Musik wird mündlich unter den Musikern von Generation zu Generation weitergegeben. Jeder Musiker kennt die musikalischen Themen auswendig. Einige Musiker wurden von einem Meister ausgebildet, andere ahmen die Tonfolgen nach, die sie von Kindesbeinen an kennen, ohne je einen Kurs besucht zu haben. Manchmal improvisieren die Musiker und schaffen neue Melodien. Obwohl häufig sehr viele Musiker, manchmal sogar bis zu 60 Personen, zusammen spielen, gibt es keinen Dirigenten.

Die *Gamelan*-Musik ist harmonisch und mitreißend. Immer wieder werden einzelne Liedabschnitte wiederholt. Für Menschen, die diese Art Musik nicht kennen, ist es oft sehr schwierig, die Kernmelodie herauszuhören. Es gibt eine Hauptmelodie, das sogenannte Leitmotiv, das sich durch das gesamte Musikstück zieht und von den Musikern immer wieder gespielt wird. Die Musiker genießen dabei große künstlerische Freiheiten: Sie dürfen frei nach ihrem Geschmack einzelne Teile abwandeln, das heißt variieren. Im Lauf des 20. Jahrhunderts ließen sich auch berühmte europäische Komponisten von den besonderen Klängen dieser Musik anregen und nahmen sie in ihre klassischen Musikstücke auf.

In Wayans Dorf versammeln sich die Musiker unter dem Vordach eines der vier Tempel. Die Instrumente stehen dort auf dem Boden. Wenn die Musiker beschließen, zusammen zu spielen, setzt sich jeder hinter sein Instrument. Nun beginnt das Orchester, und in das *Gamelan* kommt Leben. Niemand steht, niemand liest Noten ab, niemand singt. Wenn die Musiker ihr Spiel beenden, stehen sie auf und lassen die Instrumente am Boden zurück, wie sie sie vorfanden.

Wayan und Made werden oft aufgefordert, sich den Musikern anzuschließen, damit sie ein Gehör für die Musik entwickeln. Wayan übt sich an den Becken, Made spielt Flöte. Die beiden Kinder kennen die *Gamelan*-Melodien schon sehr gut, denn seit ihrer Geburt hören sie sie täglich. Made, die auf die Musik auch tanzt, sind die Klänge bereits ins Blut übergegangen.

Dieser Junge spielt auf einem Metallophon.

Made, die balinesische Tänzerin

Auf Bali gehört der Tanz zum Alltag. Er begleitet alle Feste, denn neben Blumen und Reis ist auch er ein Geschenk an die Götter.

Seit zwei Jahren nimmt Made Tanzunterricht. Dreimal pro Woche tanzt sie unter einem riesigen Vordach aus Bambus auf einem Boden, der mit roten Ziegeln gefliest ist. Die jungen Tänzer und Tänzerinnen sind in zwei Gruppen aufgeteilt und werden von mehreren Lehrern angeleitet. Sie lernen den schwierigsten balinesischen Tanz, den *Legong*, der zu den Klängen des *Gamelan* vorgeführt wird.

Mehrere Stunden lang arbeitet jeder Schüler an den verschiedenen Körperhaltungen, denn die balinesischen Tänze gehorchen strengen Regeln: Jede Geste ist von großer Bedeutung und erzählt eine Geschichte oder Legende. Freude, Traurigkeit, Verlangen oder auch Geheimnisse werden durch festgelegte Bewegungen ausgedrückt. Made findet die vielen Handhaltungen besonders schwierig. Die Gesten der Hände und Finger, die man *Mudra* oder *Hasta* nennt, haben eine tiefe Bedeutung. So drückt zum Beispiel die erhobene rechte Hand mit der den Zuschauern zugewandten Handfläche Segnung und Schutz aus, und die auf Höhe der Brust zusammengelegten Hände bedeuten Verehrung. Hinzu kommt, dass die Hände auch eine schmückende Rolle haben und den Ausdruck und die Feinheit des Tanzes unterstützen sollen. Ihre Bewegungen sollten daher möglichst geschmeidig sein.

Im balinesischen Tanz ist auch der Gesichtsausdruck wichtig, denn alle Gefühle, die je nach erzählter Geschichte sehr unterschiedlich sein können, spiegeln sich darin.

Damit man den Gesichtsausdruck gut erkennen kann, werden die Gesichter der Tänzerinnen sorgfältig geschminkt. Die Augenbrauen und die Augenränder werden geschwärzt und verstärkt, die Wangenknochen werden hervorgehoben, und die Lippen sind rot geschminkt.

Der balinesische Tanz geht auf den javanischen Tanz zurück und hat hinduistische Wurzeln. Er ist eng mit der Religion verbunden, da er den Tanz von Shiva, einer Hauptgottheit des Hinduismus, nachahmt. Lange Zeit wurde der balinesische Tanz an den königlichen Höfen von Java und Bali ausgeübt. Später entwickelte er sich zum Volkstanz, und immer mehr moderne Elemente mischten sich unter. Heute gibt es traditionelle und moderne Tänze. Der Tanz *Tari Pajembrama* ist ein Willkommensgruß, in dessen Verlauf die Tänzer die Besucher der Tempel begrüßen und sie mit einem Blumenregen ehren. Der beliebte Tanz *Oleg Tambulilingan* beschreibt die Liebe zweier Hummeln. Der Tanz *Taruna Jaya* zeigt das Schicksal eines stolzen und selbstsicheren jungen Mannes.

Manche Tänze werden nur in bestimmten Dörfern Balis getanzt. Doch einige Tänze, wie zum Beispiel der *Barong*, sind sehr beliebt und werden auf der ganzen Insel gelehrt.

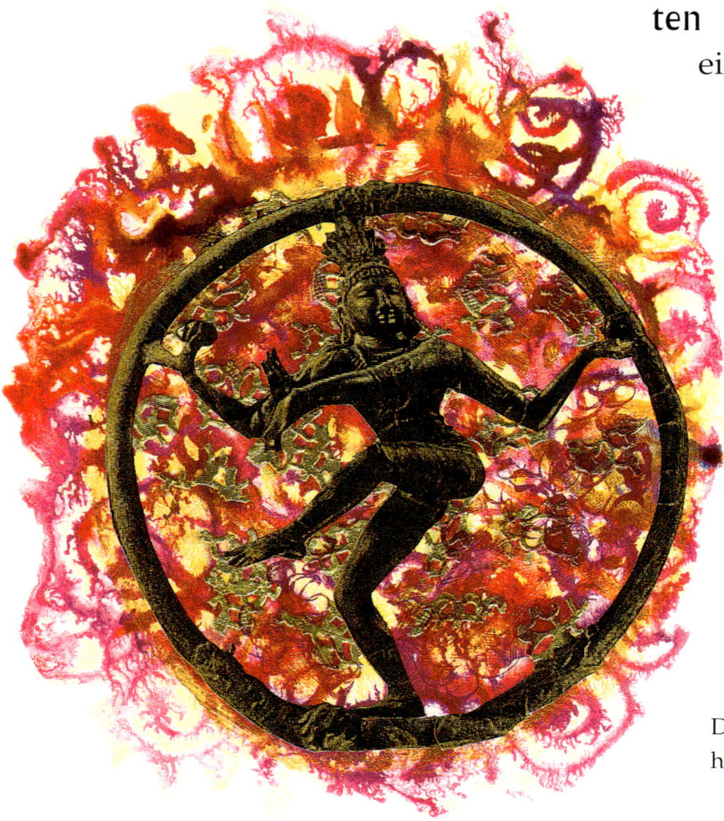

Der balinesische Tanz ahmt den Tanz des hinduistischen Hauptgottes Shiva nach.

Der Barong-Tanz

Wayans und Mades Lieblingstanz ist der *Barong*, der nach dem mythischen Tier benannt ist, das im Tanz auftaucht. Es gibt für den Tanz noch eine zweite Bezeichnung, *Kriss*, das ist ein balinesischer Dolch mit welliger Klinge.

In der balinesischen Mythologie verkörpert der *Barong* die guten Kräfte des Universums. Er ist der Gegenspieler der Hexe Rangda. Im Verlauf der Geschichte werden die Menschen, die an der Seite des *Barong* kämpfen, von der Hexe dazu gezwungen, ihren *Kriss* gegen sich selbst zu richten. Nur unter Aufwendung all seiner magischen Kraft kann der *Barong* den Tod seiner Gefährten verhindern und die Hexe Rangda besiegen.

Während des eindrucksvollen Tanzes wird der *Barong* von zwei Tänzern bewegt, die sich unter einem Kostüm verstecken: Ein Tänzer steckt im vorderen Teil des Tieres, der andere im hinteren Teil. Der Tierkopf besteht aus einer Holzmaske, und der Tänzer lässt den Kiefer klappern. Das Tier besitzt ein Fell mit langen seidigen Haaren, ist mit Gold dekoriert und trägt einen mit Blumen geschmückten Bart. Wayan liebt diese üppigen Kostüme.

Bei jeder Aufführung trägt auch Made sehr schöne, mit Gold bestickte Kostüme oder farbige *Batik* und erhält kunstvolle Frisuren mit roten oder weißen Frangipani-Blüten. Je nach Tanz hat sie verschiedenes Zubehör wie einen Fächer oder einen Blumenstrauß in einem geflochtenen Bambuskorb. Vor jeder Aufführung wendet ihre Mutter viel Zeit auf, um die Kleider bis in jede Einzelheit vorzubereiten und Made sorgfältig zu schminken.

Manchmal beteiligt sich ein ganzes Dorf an den Tänzen. Niemand lässt sich dieses Spektakel entgehen. Einmal im Jahr kommen die Familien aus Wayans und Mades Dorf zusammen, und sämtliche Männer und Frauen, egal welchen Alters, tanzen dann gemeinsam. Nach der Aufführung gibt es für alle Teilnehmer ein großes Festessen.

Wayang: das Schattentheater

Wayans Vater ist ein *Dalang*, so heißt der Puppenspieler in einem Schattentheater. Er ist auf Bali sehr bekannt und trägt den Namen Vairocana, was »Strahlendes Licht« bedeutet. An zwei oder drei Abenden in der Woche gibt Wayans Vater eine Vorstellung in einem der Inseldörfer. Manchmal, wenn die Aufführung nur zwei oder drei Stunden dauert, darf Wayan ihn begleiten. Doch das kommt sehr selten vor, denn meistens dauert eine *Wayang*-Vorstellung die ganze Nacht.

Das Schattentheater stammt aus der Zeit, als die Inder sich auf der Insel niederließen. Das *Wayang* ist eines der wichtigsten Kulturgüter Balis und auch Javas. Im Jahr 2003 wurde es sogar von der UNESCO (Organisation der Vereinten Nationen für Erziehung, Wissenschaft und Kultur) als Weltkulturerbe eingestuft.

Im Lauf seiner Geschichte wurde das Schattentheater auch vom Islam beeinflusst und sowohl an den Höfen der Sultane und Fürsten als auch in den Dörfern aufgeführt. Dem *Wayang* werden magische Kräfte zugeschrieben, denn die Aufführungen sollen eine Person, ein Dorf oder auch die nächste Ernte schützen können.

Es gibt mehrere Formen des *Wayang.* Die beiden bekanntesten heißen *Wayang Golek* und *Wayang Kulit*. Der Unterschied liegt in der Machart der Puppen. Beim *Wayang Golek* sind die Puppen aus Holz geschnitzt und farbig bemalt, während die Puppen beim *Wayang Kulit* aus Büffelleder genäht und flach sind. Jede Puppe ist auf einen Stab aufgesteckt, so dass der Puppenspieler die Figur bei der Aufführung bewegen oder im Boden verankern kann.

Ein Puppenspieler ist bei den Indonesiern sehr hoch angesehen. Er ist ihrer Meinung nach das Bindeglied zwischen Menschen und Göttern, denn bei ihm laufen alle Fäden zusammen. Während der Vorstellung bewegt er die Puppen und haucht ihnen Leben ein. Er erzählt Geschichten, er singt, und er imitiert die Stimmen aller Personen.

Während der Aufführung muss der *Dalang* nicht nur die Puppen führen, sondern gleichzeitig das *Gamelan*-Orchester anleiten, das die Vorstellung mit Musik untermalt. Dazu muss er alle Instrumente des Ensembles kennen, denn er entscheidet darüber, welche Melodie bei einer Szene gespielt wird. Gibt er den Musikern mithilfe eines Holzschlägels oder zuvor vereinbarter Stichwörter ein Signal, beginnt das *Gamelan*-Orchester zu spielen. Die einzelnen Musikstücke passen zur Handlung und dauern zwischen zehn und zwanzig Minuten.

Die im Schattentheater aufgeführten Geschichten stammen überwiegend aus dem *Mahabharata.* Das ist ein sehr alter indischer Text, in dem der Kampf zweier verwandter Familien, den Kauravas und den Pandavas, im Königreich Hastinapura beschrieben wird. Auf der einen Seite kämpfen die fünf Pandava-Brüder, auf der anderen die hundert Kaurava, genauer gesagt 99 Brüder und eine Schwester. Obwohl die guten Pandavas nur so wenige sind, gelingt es ihnen, die grausamen Kauravas zu unterwerfen. Die Rahmenhandlung ist jedoch nebensächlich, im Vordergrund stehen vielmehr die verschiedenen Persönlichkeiten der Hauptfiguren, die sich im Verlauf der Geschichte verändern.

Die Indonesier übernahmen das indische Epos und passten die Erzählungen an ihre eigene Kultur an. So kommen in den Geschichten auch typisch indonesische und vor allem javanische Figuren vor, die es im Originaltext nicht gibt, wie zum Beispiel den Clown Semar und seine drei Söhne Gareng, Petruk und Bagong. Bei jedem Auftritt dieser Figuren bricht im Publikum Jubel aus. Die Spaßmacher sollen die Zuschauer aber nicht nur zum Lachen bringen, sie verkörpern auch den gesunden Menschenverstand, Wissen und Weisheit. Die Zuschauer, vor allem die jüngeren unter ihnen, sollen durch sie bestimmte Werte im Leben lernen.

Die Vorstellung beginnt

Heute Abend begleitet Wayan seinen Vater in das Dorf Tamblang. Nach einer langen Fahrt über buckelige Straßen sind sie endlich angekommen. Sie werden von den Dorfbewohnern schon erwartet. Es ist üblich, dass die Vorstellung in der Mitte eines großen beleuchteten Platzes gegeben wird. Mit den Zuschauerbänken wird ein Halbkreis gebildet. Die Kinder und Dorfbewohner helfen Wayans Vater, den *Kelir* aufzubauen. Ein *Kelir* ist ein großes Baumwolltuch, das zwischen zwei Bambusstangen gespannt wird und als Leinwand dient. Wayan nimmt unter Aufsicht seines Vaters vorsichtig die Puppen aus ihrem Kasten und steckt sie mit dem Stab in zwei frisch geschnittene Bananenstrünke am Boden.

Bis zu vier Puppen bewegt der Spieler gleichzeitig.

Die Puppen werden der Größe nach geordnet. Sie unterscheiden sich in der Form ihrer Nasen, in ihrer Größe und in ihren unverwechselbaren Bewegungen. Auf der Bühne sind die »guten« Figuren immer rechts und die »bösen« links. Wayans Vater kann seine Stimme sehr gut verstellen, so dass jede Puppe einen eigenen Tonfall erhält. So können die Zuschauer die Figuren leicht erkennen.

Das Bewegen der Puppen ist für den Puppenspieler die schwierigste Aufgabe. Manchmal lässt Wayans Vater bis zu vier Puppen gleichzeitig auftreten. Dazu braucht er geschickte Hände und ein großes Talent. Wenn alle Zuschauer versammelt sind, setzen sich Wayan und sein Vater hinter die Leinwand. Sie zünden eine große Öllampe mit Kokosöl an, die das weiße Tuch beleuchtet, so dass sich die Schatten der Puppen gut darauf abzeichnen.

Bevor die Puppen hinter der Leinwand auftauchen, meditiert Wayans Vater einige Minuten vor dem »Lebensbaum«, einer Figur in der Mitte der Bühne. Der »Lebensbaum« steht für die Verbindung zwischen dem Dalang und den Göttern und ermöglicht den Dialog zwischen der realen Welt und dem Kosmos. Er ist aber auch ein Sinnbild für das Universum und den Berg, von dem angeblich alles Wissen hinabsteigt.

Nachdem er in sich gegangen ist, bewegt Wayans Vater sachte den »Lebensbaum«. Sein Schatten beginnt sich zu regen. Nacheinander werden die Arme und Beine entfaltet. Es kommt Leben in die Figur, und während der ganzen Geschichte wird sie nicht mehr stillstehen. Im Verlauf der Ereignisse steht der »Lebensbaum« immer wieder in der Mitte der Szene. Er markiert die einzelnen Abschnitte der Geschichte und ist Zeichen für den Einfluss einer natürlichen oder übernatürlichen Kraft. Erst am Ende der Vorstellung kommt der »Lebensbaum« wieder zur Ruhe.

Der Vater gibt Wayan ein Handzeichen, und Wayan schlägt mit zwei Holzschlägeln auf den Holzkasten, in dem die Puppen verstaut waren. Das ist das Signal – die Vorstellung kann beginnen! Anschließend trommelt er auf das *Kepyak* aus Bronze, das eine Art Becken ist. Während der Aufführung erhält Wayan von seinem Vater immer wieder Zeichen, damit er mit der Trommel wichtige Ereignisse in der Geschichte unterstreicht.

Der Lebensbaum

Inhalt

3 Indonesien stellt sich vor
4 Die Geschichte
6 Ahmed, Dewi und Wayan laden uns nach Indonesien ein

8 **Ahmed lebt in Jakarta, der Hauptstadt Indonesiens**
10 Armut im Herzen der Stadt
12 Ahmed ist Muslim
14 Das Land und das Meer
16 Die indonesische Küche

18 **Dewi lebt auf der Insel Sumatra**
18 Die Insel Sumatra
20 Die Märkte von Bukittinggi
22 Die traditionellen Dörfer
23 Frauen haben das Sagen
25 Dewi lernt, wie man Seide webt
27 Die Bahasa Indonesia

30 **Wayan ist Balinese**
32 Bali, ein Paradies auf Erden
36 Die Gamelan-Musik
39 Made, die balinesische Tänzerin
41 Der Barong-Tanz
42 Wayang: das Schattentheater
44 Die Vorstellung beginnt

Bildnachweis

S. 5 © akg-images
S. 7 © Hans Neleman/The Image Bank-Getty Images
S. 9 D.R.
S. 11 © Sergio Dorantes/Corbis
S. 13 © Sergio Dorantes/Corbis
S. 19 D.R.
S. 21 © Owen Franken/Corbis
S. 23 © Wolfgang Kaehler/Corbis
S. 26 © Michael Freeman/Corbis
S. 29 © Photo12.com/World Religions Library
S. 31 D.R.
S. 32 © akg-images – © Adagp, Paris 2006
S. 34/35 © Charles et Josette Lenars
S. 37 © Roman Soumar/Corbis
S. 39 © Morton Beebe/Corbis
S. 46 © Free Agents Limited/Corbis

Bibliografische Information Der Deutschen Nationalbibliothek
Die Deutsche Nationalbibliothek verzeichnet diese Publikation in der Deutschen Nationalbibliografie; detaillierte bibliografische Daten sind im Internet unter http://dnb.d-nb.de abrufbar.

Titel der Originalausgabe: *Enfants d'ailleurs – Ahmed, Dewi et Wayan vivent en Indonésie*
Erschienen bei Éditions de La Martinière SA, Paris 2006

Deutsche Erstausgabe

Ein Unternehmen der La Martinière Groupe

Gestaltung: Élisabeth Ferté
Umschlaggestaltung: Gudrun Bürgin
Satz: satz & repro Grieb, München
Druck: Pollina, Luçon
Printed in France

ISBN 978-3-89660-447-7

www.knesebeck-verlag.de